Bécquer
para niños

Papel certificado por el Forest Stewardship Council®

Primera edición: noviembre de 2020

© 1860, 1861, 1862, 1863 y 1868, Gustavo Adolfo Bécquer
Recopilación de textos: Magela Ronda
© 2020, Penguin Random House Grupo Editorial, S. A. U.
Travessera de Gràcia, 47-49. 08021 Barcelona
© 2020, Eliza Moreno, por las ilustraciones

Penguin Random House Grupo Editorial apoya la protección del *copyright*.
El *copyright* estimula la creatividad, defiende la diversidad en el ámbito de las ideas y el conocimiento, promueve la libre expresión y favorece una cultura viva. Gracias por comprar una edición autorizada de este libro y por respetar las leyes del *copyright* al no reproducir, escanear ni distribuir ninguna parte de esta obra por ningún medio sin permiso. Al hacerlo está respaldando a los autores y permitiendo que PRHGE continúe publicando libros para todos los lectores.
Diríjase a CEDRO (Centro Español de Derechos Reprográficos, http://www.cedro.org)
si necesita fotocopiar o escanear algún fragmento de esta obra.

Printed in Spain – Impreso en España

ISBN: 978-84-17736-94-1
Depósito legal: B-11.623-2020

Compuesto en Llibresimes, S. L.

Impreso en Gómez Aparicio
Casarrubuelos (Madrid)

BL 3 6 9 4 A

Bécquer
para niños

Gustavo Adolfo Bécquer

Ilustraciones de **Eliza Moreno**

B DE BLOK

Las rimas de Gustavo Adolfo Bécquer que salen en este libro parten de la versión aparecida en el *Libro de los gorriones*, que, con el subtítulo de *Colección de proyectos, argumentos, ideas y planes de cosas diferentes que se concluirán o no según sople el viento*, se publicó en Madrid el 17 de junio de 1868, y mantienen la numeración árabe que el autor les dio.

Las leyendas fueron publicadas por primera vez en diferentes periódicos de la época entre los años 1860 y 1863.

2

Yo me he asomado a las profundas simas
    de la tierra y del cielo,
y les he visto el fin o con los ojos
    o con el pensamiento.

Mas ¡ay! de un corazón llegué al abismo
    y me incliné un momento;
y mi alma y mis ojos se turbaron:
    ¡tan hondo era y tan negro!

5

Primera voz
«Las ondas tienen vaga armonía,
las violetas suave olor,
brumas de plata la noche fría,
    luz y oro el día;
    yo algo mejor:
    ¡yo tengo amor!».

Segunda voz
«Aura de aplausos, nube radiosa,
ola de envidia que besa el pie,
isla de sueños donde reposa
    el alma ansiosa:
    ¡dulce embriaguez
    la gloria es!».

Tercera voz
«Ascua encendida es el tesoro,
sombra que huye la vanidad.

Todo es mentira: la gloria, el oro.
    Lo que yo adoro
    solo es verdad:
    ¡la libertad!».

Así los barqueros pasaban cantando
    la eterna canción,
y al golpe del remo saltaba la espuma
    y heríala el sol.

—¿Te embarcas? —gritaban—; y yo sonriendo
    les dije al pasar:
—Yo ya me he embarcado; por señas que aún tengo
la ropa en la playa tendida a secar.

6

    Fatigada del baile,
encendido el color, breve el aliento,
    apoyada en mi brazo
del salón se detuvo en un extremo.

    Entre la leve gasa
que levantaba el palpitante seno,
    una flor se mecía
en compasado y dulce movimiento.

    Como en cuna de nácar
que empuja el mar y que acaricia el céfiro,
    dormir parecía al blando
arrullo de sus labios entreabiertos.

    ¡Oh, quién así, pensaba,
dejar pudiera deslizarse el tiempo!
    ¡Oh, si las flores duermen,
    qué dulcísimo sueño!

8

Entre el discorde estruendo de la orgía
      acarició mi oído,
como una nota de lejana música,
      el eco de un suspiro.

El eco de un suspiro que conozco,
formado de un aliento que he bebido,
perfume de una flor que oculta crece
      en un claustro sombrío.

Mi adorada de un día, cariñosa,
      —¿En qué piensas? —me dijo.
—En nada... —En nada, ¿y lloras? —Es que tengo
alegre la tristeza y triste el vino.

10

    Como en un libro abierto
leo de tus pupilas en el fondo.
    ¿A qué fingir el labio
risas que se desmienten en los ojos?

    ¡Llora! No te avergüences
de confesar que me has querido un poco.
    ¡Llora! Nadie nos mira.
Ya ves; yo soy un hombre... y también lloro.

14

Alguna vez la encuentro por el mundo
    y pasa junto a mí
y pasa sonriéndose y yo digo:
    «¿Cómo puede reír?».

Luego asoma a mi labio otra sonrisa,
    máscara del dolor,
y entonces pienso: «Acaso ella se ríe
    como me río yo».

Bécquer

15

Saeta que voladora
cruza, arrojada al azar,
y que no se sabe dónde
temblando se clavará;

hoja que del árbol seca
arrebata el vendaval,
y que no hay quien diga el surco
donde al polvo volverá;

gigante ola que el viento
riza y empuja en el mar
y rueda y pasa y se ignora
qué playa buscando va;

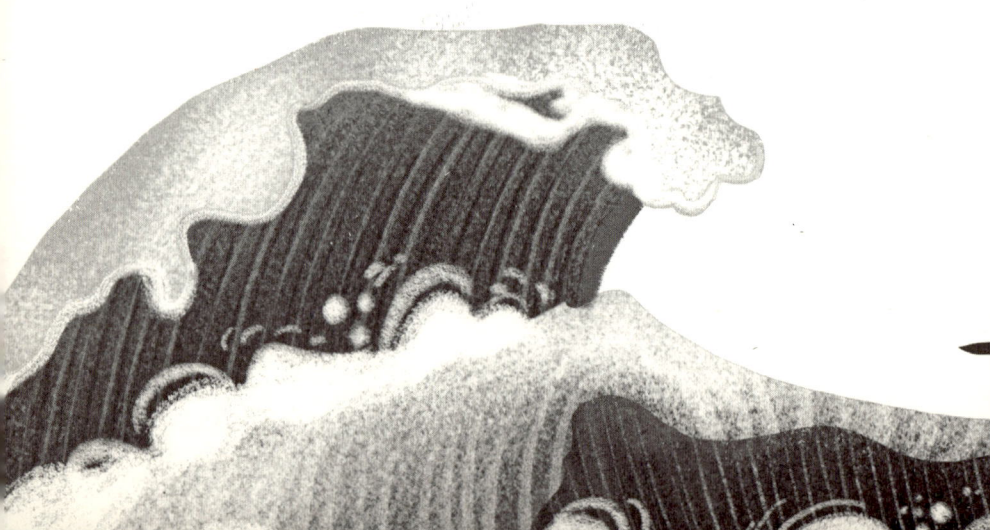

luz que en cercos temblorosos
brilla próxima a expirar,
y que no se sabe de ellos
cuál el último será.

Eso soy yo, que al acaso
cruzo el mundo sin pensar
de dónde vengo ni adónde
mis pasos me llevarán.

16

Cuando me lo contaron sentí el frío
de una hoja de acero en las entrañas;
me apoyé contra el muro, y un instante
la conciencia perdí de dónde estaba.

Cayó sobre mi espíritu la noche,
en ira y en piedad se anegó el alma;
¡y se me reveló por qué se llora!,
¡y comprendí una vez por qué se mata!

Pasó la nube de dolor... con pena
logré balbucear unas palabras...
y ¿qué había de hacer? Era una amigo...
Me había hecho un favor... Le di las gracias.

17

Yo sé cuál el objeto
de tus suspiros es.
Yo conozco la causa de tu dulce
secreta languidez.
¿Te ríes...? Algún día
sabrás, niña, por qué:
Tú lo sabes apenas
y yo lo sé.

Yo sé cuando tú sueñas,
y lo que en sueños ves.
Como en un libro puedo lo que callas
en tu frente leer.
¿Te ríes...? Algún día
sabrás, niña, por qué:

tú lo sabes apenas
y yo lo sé.

Yo sé por qué sonríes
y lloras a la vez.
Yo penetro en los senos misteriosos
de tu alma de mujer.
¿Te ríes...? Algún día
sabrás, niña, por qué:
mientras tú sientes mucho y nada sabes,
yo, que no siento ya, todo lo sé.

18

¡Qué hermoso es ver el día
coronado de fuego levantarse,
    y a su beso de lumbre
brillar las olas y encenderse el aire!

¡Qué hermoso es, tras la lluvia
del triste otoño en la azulada tarde,
    de las húmedas flores
el perfume beber hasta saciarse!

¡Qué hermoso es, cuando en copos
la blanca nieve silenciosa cae,
    de las inquietas llamas
ver las rojizas lenguas agitarse!

¡Qué hermoso es, cuando hay sueño,
dormir bien... y roncar como un sochantre...
y comer... y engordar... y qué desgracia
    que esto solo no baste!

19

¿Cómo vive esa rosa que has prendido
    junto a tu corazón?
Sobre un volcán, hasta encontrarla ahora,
    nunca he visto una flor.

21

—¿Qué es poesía? —dices mientras clavas
    en mi pupila tu pupila azul.
—¡Qué es poesía! ¿Y tú me lo preguntas?
    Poesía... eres tú.

26

Tú eras el huracán y yo la alta
torre que desafía su poder;
¡tenías que estrellarte o que abatirme!
    ¡No podía ser!

Tú eras el océano y yo la enhiesta
roca que firme aguarda su vaivén;
¡tenías que romperte o que arrancarme!
    ¡No podía ser!

Hermosa tú, yo altivo; acostumbrados
uno a arrollar, el otro a no ceder;
la senda estrecha, inevitable el choque...
    ¡No podía ser!

27

Besa el aura que gime blandamente
las leves ondas que jugando riza;
el sol besa a la nube en occidente
y de púrpura y oro la matiza;
la llama en derredor del tronco ardiente
por besar a otra llama se desliza;
y hasta el sauce, inclinándose a su peso,
al río que le besa vuelve un beso.

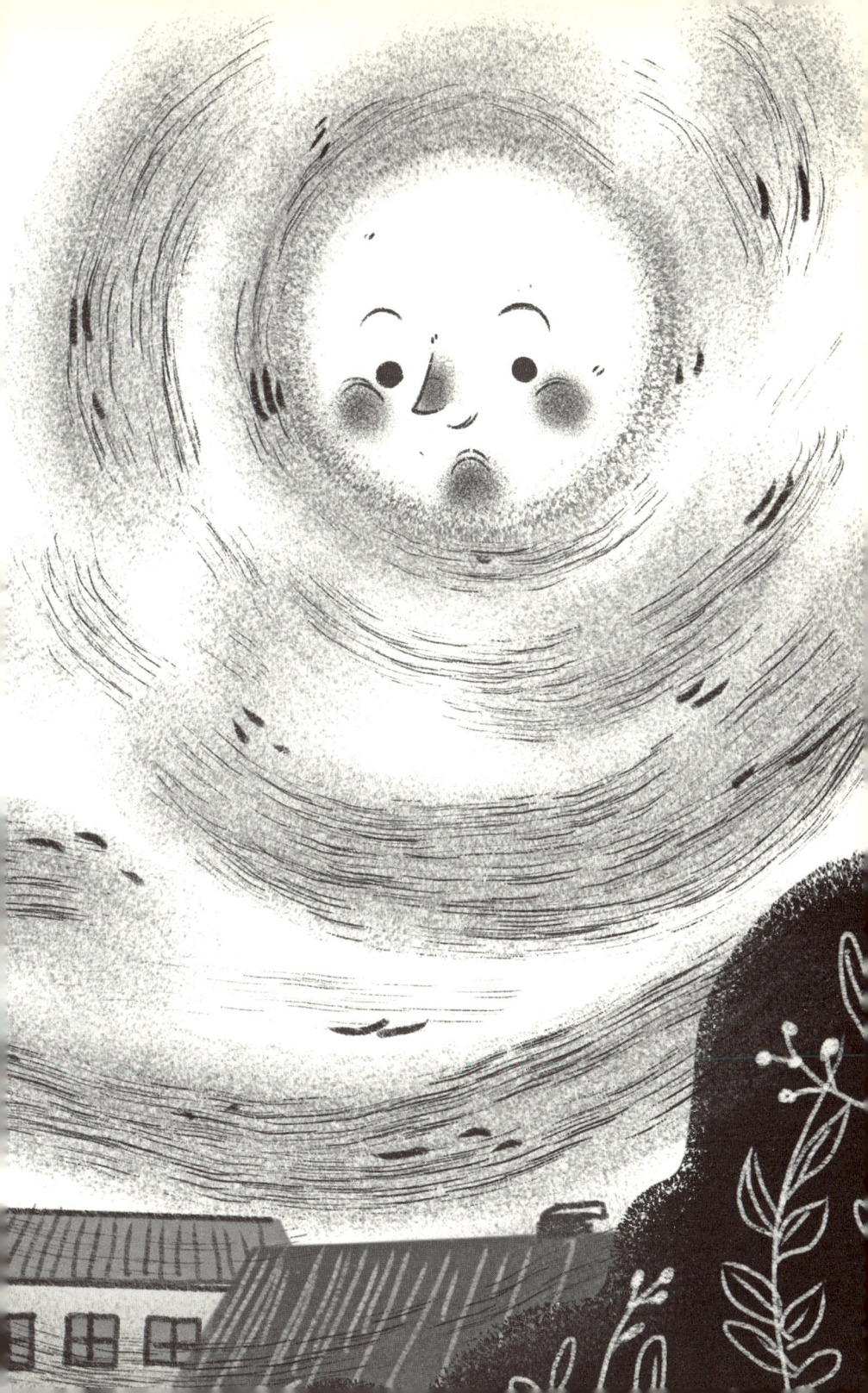

28

Antes que tú me moriré; escondido
 en las entrañas ya
el hierro llevo con que abrió tu mano
 la ancha herida mortal.

Antes que tú me moriré; y mi espíritu,
 en su empeño tenaz,
se sentará a las puertas de la muerte
 que llames a esperar.

Con las horas los días, con los días
 los años volarán,
y a aquella puerta llamarás al cabo...
 ¿Quién deja de llamar?

Entonces, que tu culpa y tus despojos
 la tierra guardará,
lavándote en las ondas de la muerte
 como en otro Jordán;

allí, donde el murmullo de la vida
 temblando a morir va,

como la ola que a la playa viene
 silenciosa a expirar;

allí, donde el sepulcro que se cierra
 abre una eternidad,
todo lo que los dos hemos callado
 lo tenemos que hablar.

30

Nuestra pasión fue un trágico sainete
 en cuya absurda fábula
lo cómico y lo grave confundidos
 risas y llanto arrancan.

Pero fue lo peor de aquella historia
 que al fin de la jornada
a ella tocaron lágrimas y risas;
 y a mí, solo las lágrimas.

Bécquer

31

Cuando en la noche te envuelven
las alas de tul del sueño
y tus tendidas pestañas
semejan arcos de ébano,
por escuchar los latidos
de tu corazón inquieto
y reclinar tu dormida
cabeza sobre mi pecho
    diera, alma mía,
    cuanto poseo:
    ¡la luz, el aire
    y el pensamiento!

Cuando se clavan tus ojos
en un invisible objeto
y tus labios ilumina
de una sonrisa el reflejo,
por leer sobre tu frente
el callado pensamiento
que pasa como la nube
del mar sobre el ancho espejo
    diera, alma mía,
    cuanto deseo:
    ¡la fama, el oro,
    la gloria, el genio!

Cuando enmudece tu lengua
y se apresura tu aliento,

y tus mejillas se encienden
y entornas tus ojos negros,
por ver entre sus pestañas
brillar como húmedo fuego
la ardiente chispa que brota
del volcán de los deseos
      diera, alma mía,
      por cuanto espero:
      la fe, el espíritu,
      la tierra, el cielo.

33

Dos rojas lenguas de fuego
que a un mismo tronco enlazadas
se aproximan, y al besarse
forman una sola llama;

dos notas que del laúd
a un tiempo la mano arranca,
y en el espacio se encuentran
y armoniosas se abrazan;

dos olas que vienen juntas
a morir sobre una playa
y que al romper se coronan
con un penacho de plata;

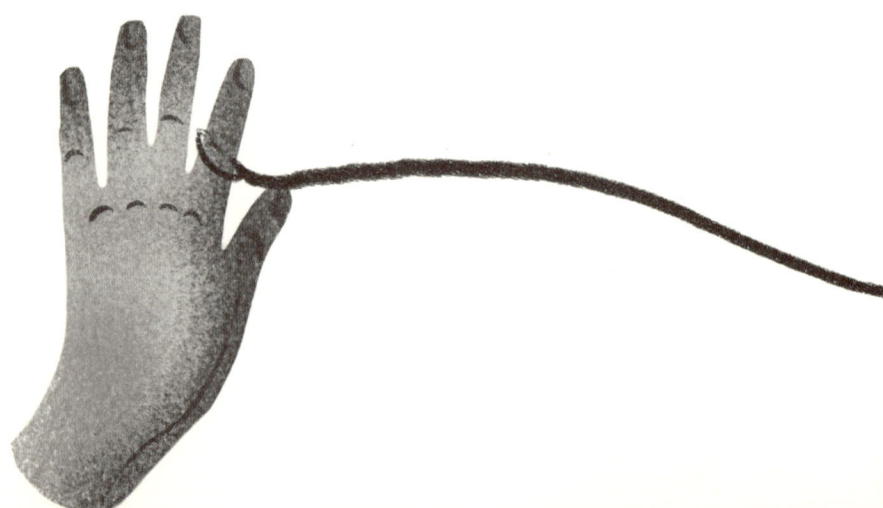

dos jirones de vapor
que del lago se levantan,
y al reunirse en el cielo
forman una nube blanca;

dos ideas que al par brotan,
dos besos que a un tiempo estallan,
dos ecos que se confunden:
eso son nuestras dos almas.

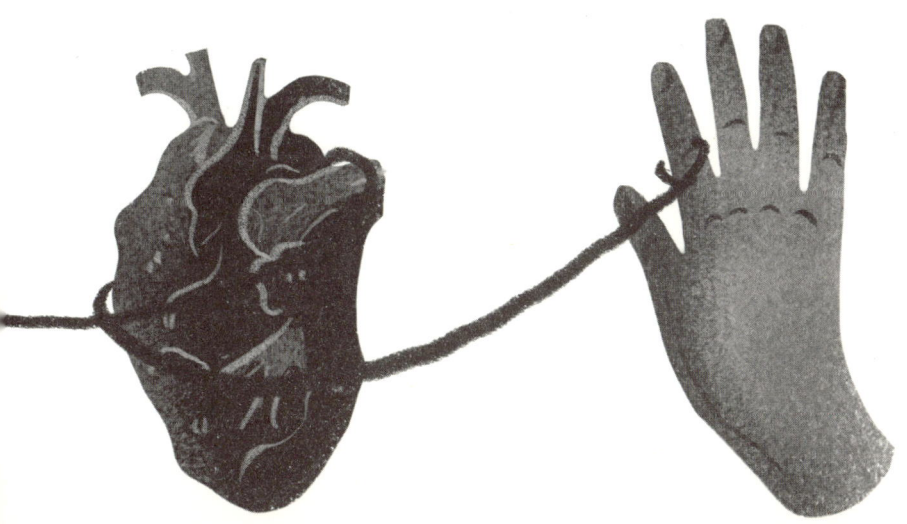

34

Dejé la luz a un lado y en el borde
de la revuelta cama me senté,
mudo, sombrío, la pupila inmóvil
    clavada en la pared.

¿Qué tiempo estuve así? No sé; al dejarme
la embriaguez horrible del dolor,
expiraba la luz y en mis balcones
    reía el sol.

Ni sé tampoco en tan horribles horas
en qué pensaba o qué pasó por mí;
solo recuerdo que lloré y maldije,
y que en aquella noche envejecí.

35

Olas gigantes que os rompéis bramando
en las playas desiertas y remotas,
envuelto entre la sábana de espumas,
 ¡llevadme con vosotras!

Ráfagas de huracán que arrebatáis
del alto bosque las marchitas hojas,
arrastrado en el ciego torbellino,
 ¡llevadme con vosotras!

Nubes de tempestad que rompe el rayo
y en fuego encienden las sangrientas orlas,
arrebatado entre la niebla oscura,
 ¡llevadme con vosotras!

Llevadme por piedad adonde el vértigo
con la razón me arranque la memoria.
¡Por piedad! ¡Tengo miedo de quedarme
 con mi dolor a solas!

37

Sabe, si alguna vez tus labios rojos
quema invisible atmósfera abrasada,
que el alma que hablar puede con los ojos
también puede besar con la mirada.

38

Volverán las oscuras golondrinas
en tu balcón sus nidos a colgar,
y otra vez con el ala a sus cristales
    jugando llamarán.

Pero aquellas que el vuelo refrenaban
tu hermosura y mi dicha a contemplar,
aquellas que aprendieron nuestros nombres...
    esas... ¡no volverán!

Volverán las tupidas madreselvas
de tu jardín las tapias a escalar
y otra vez a la tarde aún más hermosas
    sus flores se abrirán.

Pero aquellas cuajadas de rocío
cuyas gotas mirábamos temblar
y caer como lágrimas del día...
    esas... ¡no volverán!

Volverán del amor en tus oídos
las palabras ardientes a sonar,

tu corazón de su profundo sueño
    tal vez despertará.

Pero mudo y absorto y de rodillas
como se adora a Dios ante su altar,
como yo te he querido..., desengáñate,
    nadie así te amará.

39

No digáis que agotado su tesoro,
de asuntos falta, enmudeció la lira;
podrá no haber poetas, pero siempre
      habrá poesía.

Mientras las ondas de la luz al beso
      palpiten encendidas,
mientras el sol las desgarradas nubes
      de fuego y oro vista,
mientras el aire en su regazo lleve
      perfumes y armonías,
mientras haya en el mundo primavera,
      ¡habrá poesía!

Mientras la humana ciencia no descubra
      las fuentes de la vida,
y en el mar o en el cielo haya un abismo
      que el cálculo resista,
mientras la humanidad siempre avanzando
      no sepa a dó camina,
mientras haya un misterio para el hombre,
      ¡habrá poesía!

Mientras se sienta que se ríe el alma,
    sin que los labios rían;
mientras se llore, sin que el llanto acuda
    a nublar la pupila;
mientras el corazón y la cabeza
    batallando prosigan,
mientras haya esperanzas y recuerdos,
    ¡habrá poesía!

Mientras haya unos ojos que reflejen
    los ojos que los miran,
mientras responda el labio suspirando
    al labio que suspira,
mientras sentirse puedan en un beso
    dos almas confundidas,
mientras exista una mujer hermosa,
    ¡habrá poesía!

40

Asomaba a sus ojos una lágrima
y a mi labio una frase de perdón;
habló el orgullo y se enjugó su llanto,
y la frase en mis labios expiró.

Yo voy por un camino; ella, por otro;
pero al pensar en nuestro mutuo amor,
yo digo aún: «¿Por qué callé aquel día?».
Y ella dirá: «¿Por qué no lloré yo?».

41

Mi vida es un erial:
flor que toco se deshoja;
que en mi camino fatal
alguien va sembrando el mal
para que yo lo recoja.

42

Sacudimiento extraño
que agita las ideas
como huracán que empuja
las olas en tropel;

murmullo que en el alma
se eleva y va creciendo
como volcán que sordo
anuncia que va a arder;

deformes siluetas
de seres imposibles,
paisajes que aparecen
como al través de un tul;

colores que fundiéndose
remedan en el aire
los átomos del iris
que nadan en la luz;

ideas sin palabras,
palabras sin sentido,

cadencias que no tienen
ni ritmo ni compás;

memorias y deseos
de cosas que no existen,
accesos de alegría,
impulsos de llorar;

actividad nerviosa
que no halla en qué emplearse,
sin riendas que le guíen
caballo volador;

locura que el espíritu
exalta y desfallece,
embriaguez divina
del genio creador:

Tal es la inspiración.

Gigante voz que el caos
ordena en el cerebro
y entre las sombras hace
la luz aparecer;

brillante rienda de oro
que poderosa enfrena
de la exaltada mente
el volador corcel;

hilo de luz que en haces
los pensamientos ata,
sol que las nubes rompe
y toca en el cenit;

inteligente mano
que en un collar de perlas
consigue las indóciles
palabras reunir;

armonioso ritmo
que con cadencia y número
las fugitivas notas
encierra en el compás;

cincel que el bloque muerde
la estatua modelando,
y la belleza plástica
añade a la irreal;

atmósfera en que giran
con orden las ideas,
cual átomos que agrupa
recóndita atracción;

raudal en cuyas ondas
su sed la fiebre apaga,
descanso en que el espíritu
recobra su vigor:

Tal es nuestra razón.

Con ambas siempre en lucha
y de ambas vencedor,
tan solo al genio es dado
a un yugo atar las dos.

43

Si al mecer las azules campanillas
        de tu balcón,
crees que suspirando pasa el viento
        murmurador,
sabe que oculto entre las verdes hojas
        suspiro yo.

Si al resonar confuso a tus espaldas
        vago rumor,
crees que por tu nombre te ha llamado
        lejana voz,
sabe que entre las sombras que te cercan
        te llamo yo.

Si se turba medroso en la alta noche
        tu corazón,
al sentir en tus labios un aliento
        abrasador,
sabe que, aunque invisible, al lado tuyo
        respiro yo.

44

Dices que tienes corazón, y solo
lo dices porque sientes sus latidos;
eso no es corazón... es una máquina
que al compás que se mueve hace ruido.

46

Los invisibles átomos del aire
en derredor palpitan y se inflaman,
el cielo se deshace en rayos de oro,
la tierra se estremece alborozada.
Oigo flotando en olas de armonías
rumor de besos y batir de alas;
mis párpados se cierran... ¿Qué sucede?
¿Dime...? ¡Silencio! ¡Es el amor que pasa!

51

—Yo soy ardiente, yo soy morena,
yo soy el símbolo de la pasión,
de ansia de goces mi alma está llena.
¿A mí me buscas?
              —No es a ti; no.

—Mi frente es pálida, mis trenzas de oro,
puedo brindarte dichas sin fin.
Yo de ternura guardo un tesoro.
¿A mí me llamas?
             —No; no es a ti.

—Yo soy un sueño, un imposible,
vano fantasma de niebla y luz;
soy incorpórea, soy intangible;
no puedo amarte.
           —¡Oh, ven; ven tú!

53

La bocca mi bacciò tutto tremante...

Sobre la falda tenía
      el libro abierto;
en mi mejilla tocaban
      sus rizos negros;
no veíamos las letras
      ninguno, creo,
y, sin embargo, guardábamos
      hondo silencio.

¿Cuánto duró? Ni aun entonces
      pude saberlo.
Solo sé que no se oía
      más que el aliento,
que apresurado escapaba
      del labio seco.
Solo sé que nos volvimos
      los dos a un tiempo
y nuestros ojos se hallaron
      y sonó un beso
    . . . .

Creación de Dante era el libro,
    Era su *Infierno*.
Cuando a él bajamos los ojos
    yo dije trémulo:
—¿Comprendes ya que un poema
    cabe en un verso?
Y ella respondió encendida:
    —¡Ya lo comprendo!

55

Una mujer me ha envenenado el alma,
otra mujer me ha envenenado el cuerpo;
ninguna de las dos vino a buscarme,
yo de ninguna de las dos me quejo.

Como el mundo es redondo, el mundo rueda.
Si mañana, rodando, este veneno
envenena a su vez ¿por qué acusarme?
¿Puedo dar más de lo que a mí me dieron?

65

Cruza callada, y son sus movimientos
      silenciosa armonía;
suenan sus pasos, y al sonar recuerdan
del himno alado la cadencia rítmica.

Los ojos entreabre, aquellos ojos
      tan claros como el día,
y la tierra y el cielo, cuanto abarcan,
arden con nueva luz en sus pupilas.

Ríe, y su carcajada tiene notas
      del agua fugitiva;
llora, y es cada lágrima un poema
      de ternura infinita.

Ella tiene la luz, tiene el perfume,
      el color y la línea,
la forma engendradora de deseos,
de expresión, fuente eterna de poesía.

¿Que es estúpida? ¡Bah! Mientras callando
    guarde oscuro el enigma,
siempre valdrá lo que yo creo que calla
más que lo que cualquier otra me diga.

73

Pasaba arrolladora en su hermosura
      y el paso le dejé;
ni aun a mirarla me volví, y, no obstante,
algo a mi oído murmuró: «Esa es».

¿Quién reunió la tarde a la mañana?
      Lo ignoro; solo sé
que en una breve noche de verano
se unieron los crepúsculos, y... «fue».

75

¿A qué me lo decís? Lo sé: es mudable,
es altanera y vana y caprichosa;
antes que el sentimiento de su alma
brotará el agua de la estéril roca.

Sé que en su corazón, nido de sierpes,
no hay una fibra que al amor responda;
que es una estatua inanimada... pero...
      ¡es tan hermosa!

77

Me ha herido recatándose en las sombras,
sellando con un beso su traición.
Los brazos me echó al cuello y por la espalda
me partió a sangre fría el corazón.

Y ella prosigue alegre su camino,
feliz, risueña, impávida. ¿Y por qué?
Porque no brota sangre de la herida...
Porque el muerto está en pie.

El Monte de Las Ánimas
(LEYENDA SORIANA)

I

—Atad los perros, haced la señal con las trompas para que se reúnan los cazadores y demos la vuelta a la ciudad. La noche se acerca, es día de Todos los Santos y estamos en el Monte de las Ánimas.

—¡Tan pronto!

—A ser otro día, no dejara yo de conducir con ese rebaño de lobos que las nieves del Moncayo han arrojado de sus madrigueras; pero hoy es imposible. Dentro de poco sonará la oración de los Templarios, y las ánimas de los difuntos comenzarán a tañer su campana en la capilla del monte.

—¡En esa capilla ruinosa! ¡Bah! ¿Quieres asustarme?

—No, hermosa prima. Tú ignoras cuanto sucede en este país, porque aún no hace un año que has venido a él desde muy lejos. Refrena tu yegua, yo también pondré la mía al paso, y mientras dure el camino te contaré esa historia.

(...)

—Ese monte que hoy llaman de las Ánimas pertenecía a los Templarios, cuyo convento ves allí, a la margen del río. Los Templarios eran guerreros y religiosos a la vez. Conquistada Soria a los árabes, el rey los hizo venir de lejanas tierras para defender la ciudad por la parte del puente, haciendo en ello notable agravio a sus nobles de Castilla, que así hubieran solos sabido defenderla como solos la conquistaron.

Entre los caballeros de la nueva y poderosa orden y los hidalgos de la ciudad fermentó por algunos años, y estalló al fin, un odio profundo. Los primeros tenían acotado ese monte, donde reservaban caza abundante para satisfacer sus necesidades y contribuir a sus placeres. Los segundos determinaron organizar una gran batida en el coto, a pesar de las severas prohibiciones de los *clérigos con espuelas*, como llamaban a sus enemigos. Cundió la voz del reto, y nada fue parte a detener a los unos en su manía de cazar y a los otros en su empeño de estorbarlo. La proyectada expedición se llevó a cabo.

No se acordaron de ella las fieras. Antes la tendrían presente tantas madres como arrastraron sendos lutos por sus hijos. Aquello no fue una cacería. Fue una batalla espantosa: el monte quedó sembrado de cadáveres. Los lo-

bos, a quienes se quiso exterminar, tuvieron un sangriento festín.

Por último, intervino la autoridad del rey: el monte, maldita ocasión de tantas desgracias, se declaró abandonado, y las capillas de los religiosos situada en el mismo monte, y en cuyo atrio se enterraron juntos amigos y enemigos, comenzó a arruinarse. Desde entonces dicen que cuando llega la noche de difuntos se oye doblar sola la campana de la capilla, y que las ánimas de los muertos, envueltas en jirones de sus sudarios, corre como en una cacería fantástica por entre las breñas y los zarzales. Los ciervos braman espantados, los lobos aúllan, las culebras dan horrorosos silbidos, y al otro día se han visto impresas en la nieve las huellas de los descarnados pies de los esqueletos. Por eso en Soria lo llamamos el Monte de las Ánimas, y por eso he querido salir de él antes que cierre la noche.

(...)

III

Había pasado una hora, dos, tres; la medianoche estaba a punto de sonar, cuando Beatriz se retiró a su oratorio. Alonso no volvía, no volvía, y, a querer, en menos de una hora pudiera haberlo hecho.

—¡Habrá tenido miedo! —exclamó la joven, cerrando su libro de oraciones y encaminándose a su lecho, después de haber intentado inútilmente murmurar algunos de los rezos que la iglesia consagra en el día de difuntos a los que ya no existen.

Después de haber apagado la lámpara y cruzado las dobles cortinas de seda, se durmió; se durmió con un sueño inquieto, ligero, nervioso.

Las doce sonaron en el reloj del Postigo, Beatriz oyó entre sueños las vibraciones de la campana, lentas, sordas, tristísimas, y entreabrió los ojos. Creía haber oído, a par de ellas, pronunciar su nombre; pero lejos, muy lejos, y por una voz ahogada y doliente. El viento gemía en los vidrios de la ventana.

—Será el viento —dijo, y poniéndose la mano sobre el corazón procuró tranquilizarse.

Pero su corazón latía cada vez con más violencia, las puertas de alerce del oratorio habían crujido sobre sus goznes con un chirrido agudo, prolongado y estridente.

Primero unas y luego las otras más cercanas, todas las puertas que daban paso a su habitación iban sonando por su orden: estas con un ruido sordo y grave, aquellas con un lamento largo y crispador. Después, silencio; un silencio lleno de rumores extraños, el silencio de la medianoche; con un murmullo monótono de agua distante, lejanos ladridos de perros, voces confusas, palabras ininteligibles; eco de pasos que van y vienen, crujir de ropas que se arrastran, suspiros que se ahogan, respiraciones fatigosas que casi se sienten, estremecimientos involuntarios que anuncian la presencia de algo que no se ve y que no obstante se nota su aproximación en la oscuridad.

Beatriz, inmóvil, temblorosa, adelantó la cabeza fuera de las cortinas y escuchó un momento. Oía mil ruidos diversos; se pasaba la mano por la frente, tornaba a escuchar; nada, silencio.

Veía, con esa fosforescencia de la pupila en las crisis nerviosas, como bultos que se movían en todas direcciones, y cuando dilatándolas las fijaba en un punto, nada; oscuridad, las sombras impenetrables.

—¡Bah! —exclamó, volviendo a recostar su hermosa cabeza sobre la almohada de raso azul del lecho—. ¿Soy yo tan miedosa como estas pobres gentes cuyo corazón palpita de terror bajo una armadura al oír una conseja de aparecidos?

Y cerrando los ojos, intentó dormir...; pero en vano había hecho un esfuerzo sobre sí misma. Pronto volvió a incorporarse, más pálida, más inquieta, más aterrada. Ya no era una ilusión: las colgaduras de brocado de la puerta habían rozado al separarse, y unas pisadas lentas sonaban sobre la alfombra; el rumor de aquellas pisadas era sordo, casi imperceptible, pero continuado, y a su compás se oía crujir una cosa como madera o hueso. Y se acercaban, se acercaban, y se movió el reclinatorio que estaba a la orilla de su lecho. Beatriz lanzó un grito agudo, y arrebujándose en la ropa que la cubría escondió la cabeza y contuvo el aliento.

El aire azotaba los vidrios del balcón; el agua de la fuente lejana caía y caía con un rumor eterno y monótono; los la-

dridos de los perros se dilataban en las ráfagas del aire, y las campanas de la ciudad de Soria, unas cerca, otras distantes, doblaban tristemente por las ánimas de los difuntos.

Así pasó una hora, dos, la noche, un siglo, porque la noche aquella pareció eterna a Beatriz. Al fin, despuntó la aurora. Vuelta de su temor, entreabrió los ojos a los primeros rayos de la luz. Después de una noche de insomnio y de terrores, ¡es tan hermosa la luz clara y blanca del día! Separó las cortinas de seda del lecho, tendió una mirada serena a su alrededor, y ya se disponía a reírse de sus temores pasados, cuando de repente un sudor frío cubrió su cuerpo, sus ojos se desencajaron y una palidez mortal descoloró sus mejillas: sobre el reclinatorio había visto, sangrienta y desgarrada, la banda azul que perdiera en el monte, la banda azul que fue a buscar Alonso.

Cuando sus servidores llegaron, despavoridos, a noticiarle la muerte del primogénito de Alcudiel, que a la mañana había aparecido devorado por los lobos entre las malezas del Monte de las Ánimas, la encontraron inmóvil, crispada, asida con ambas manos a una de las columnas de ébano del lecho, desencajados los ojos, entreabierta la boca, blancos los labios, rígidos los miembros, muerta, muerta de horror.

IV

Dicen que después de acaecido este suceso, un cazador extraviado que pasó la noche de difuntos sin poder salir del Monte de las Ánimas, y que, al otro día, antes de morir, pudo contar lo que viera, refirió cosas horribles. Entre otras, asegura que vio a los esqueletos de los antiguos Templarios y de los nobles de Soria enterrados en el atrio de la capilla levantarse al punto de la oración con un estrépito horrible y, caballeros sobre osamentas de corceles, perseguir como a una fiera a una mujer hermosa, pálida y desmelenada que, con los pies desnudos y sangrientos, y arrojando gritos de horror, daba vueltas alrededor de la tumba de Alonso.

Los ojos verdes

III

—¿Quién eres tú? ¿Cuál es tu patria? ¿En dónde habitas? Yo vengo un día y otro en tu busca, y ni veo corcel que te trae a estos lugares ni a los servidores que conducen tu litera. Rompe de una vez el misterioso velo en que te envuelves como en una noche profunda. Yo te amo, y, noble o villana, seré tuyo, tuyo siempre...

El sol había transpuesto la cumbre del monte; las sombras bajaban a grandes pasos por su falda; la brisa gemía entre los álamos de la fuente, y la niebla, elevándose poco a poco de la superficie del lago, comenzaba a devolver las rocas de su margen.

Sobre una de estas rocas, sobre una que parecía próxima a desplomarse en el fondo de las aguas, en cuya superficie se retrataba, temblando, el primogénito de Almenar, de rodillas a los pies de su misteriosa amante, procuraba en vano arrancarle el secreto de su existencia.

Ella era hermosa, hermosa y pálida como la estatua de alabastro. Uno de sus rizos caía sobre sus hombros, deslizándose entre los pliegues del velo como un rayo de sol que atraviesa las nubes, y en el cerco de sus pestañas rubias brillaban sus pupilas como dos esmeraldas sujetas en una joya de oro.

Cuando el joven acabó de hablarle, sus labios se removieron como para pronunciar algunas palabras; pero solo exhalaron un suspiro, un suspiro débil, doliente, como el de la ligera onda que empuja una brisa al morir entre los juncos.

—¡No me respondes! —exclamó Fernando al ver burlada su esperanza—. ¿Querrás que dé crédito a lo que de ti me han dicho? ¡Oh, no!... Háblame; yo quiero saber si me amas; yo quiero saber si puedo amarte, si eres una mujer...

—O un demonio... ¿Y si lo fuese?

El joven vaciló un instante; un sudor frío corrió por sus miembros; sus pupilas se dilataron al fijarse con más intensidad en las de aquella mujer, y fascinado por su brillo fosfórico, demente casi, exclamó en un arrebato de amor.

—Si lo fueses..., te amaría..., te amaría como te amo ahora, como es mi destino amarte hasta más allá de esta vida, si hay algo más allá de ella.

—Fernando —dijo la hermosa entonces con una voz semejante a una música—, yo te amo más aún que tú me amas; yo, que desciendo hasta un mortal siendo un espíritu puro. No soy una mujer como las que existen en la tierra; soy mujer digna de ti, que eres superior a los demás hombres. Yo vivo en el fondo de estas aguas, incorpórea como ellas, fugaz y transparente: hablo con sus rumores y ondulo con sus pliegues. Yo no castigo al que osa turbar la fuente donde moro; antes le premio con mi amor, como a un mortal superior a las supersticiones del vulgo, como a un amante capaz de comprender mi cariño extraño y misterioso.

Mientras ella hablaba así, el joven, absorto en la contemplación de su fantástica hermosura, atraído como por una fuerza desconocida, se aproximaba más y más al borde de la roca. La mujer de los ojos verdes prosiguió así:

—¿Ves, ves el límpido fondo de ese lago? ¿Ves esas plantas de largas y verdes hojas que se agitan en su fondo?... Ellas nos darán un lecho de esmeraldas y corales..., y yo..., yo te daré una felicidad que has soñado en tus horas de delirio y que no puede ofrecerte nadie... Ven, la niebla del lago flota sobre nuestras frentes como un pabellón de lino...; las ondas nos llaman con sus voces incomprensibles; el viento empieza entre los álamos sus himnos de amor; ven..., ven...

La noche comenzaba a extender sus sombras; la luna rielaba en la superficie del lago; la niebla se arremolinaba al soplo del aire, y los ojos verdes brillaban en la oscuridad como los fuegos fatuos que corren sobre el haz de las aguas infectas... «Ven, ven...». Estas palabras zumbaban en los oídos de Fernando como un conjuro. «Ven...», y la mujer misteriosa lo llamaba al borde del abismo donde estaba suspendida, y parecía ofrecerle un beso..., un beso...

Fernando dio un paso hacia ella..., otro..., y sintió unos brazos delgados y flexibles que se liaban a su cuello, y una sensación fría en sus labios ardorosos, un beso de nieve..., y vaciló..., y perdió pie, y cayó al agua con un rumor sordo y lúgubre.

Las aguas saltaron en chispas de luz, y se cerraron sobre su cuerpo, y sus círculos de plata fueron ensanchándose, ensanchándose, hasta expirar en las orillas.

Maese Pérez el organista

I

(...)

«Pero vamos, vecina, vamos a la iglesia, antes que se ponga de bote en bote..., que algunas noches como esta suele llenarse de modo que no cabe ni un grano de trigo... Buena ganga tienen las monjas con su organista... ¿Cuándo se ha visto el convento tan favorecido como ahora?... De las otras comunidades puedo decir que le han hecho a maese Pérez proposiciones magníficas. Verdad que nada tiene de extraño, pues hasta el señor arzobispo le ha ofrecido montes de oro por llevarle a la catedral... Pero él, nada. Primero dejaría la vida que abandonar su órgano favorito... ¿No conocéis a maese Pérez? Verdad es que sois nueva en el barrio... Pues es un santo varón, pobre, sí, pero limosnero cual no otro... Sin más parientes que su hija ni más amigo que su órgano, pasa su vida entera en velar por la inocencia de la una y componer los registros del otro... ¡Cuidado que el órgano es viejo!... Pues nada; él se da tal maña en arreglarlo y cuidarle, que suena que es una maravilla... Como que le conoce de tal modo, que a tientas... Porque no sé si os lo he dicho, pero el pobre señor es ciego de nacimiento... ¡Y con qué paciencia lleva su desgracia!... Cuando le preguntan que cuánto daría por ver, responde: «Mucho, pero no tanto como creéis, porque tengo esperanzas». «¿Esperanzas de ver?». «Sí, y muy pronto —añade, sonriéndose como un ángel—. Ya cuento setenta y seis años. Por muy larga que sea mi vida, pronto veré a Dios».

«¡Pobrecito! Y sí lo verá..., porque es humilde como las piedras de la calle, que se dejan pisar de todo el mundo. (...) ¡Y qué manos tiene! ¡Dios se las bendiga! Merecía que se las llevaran a la calle de Chicharreros y se las engarzasen en oro... Siempre toca bien, siempre; pero en semejante noche como esta es un prodigio... Él tiene una gran devoción por esta ceremonia de la Misa del Gallo, y cuando levantan la Sagrada Forma, al punto y hora de las doce, que es cuando vino al mundo Nuestro Señor Jesucristo..., las voces de su órgano son voces de ángeles.

(...)

II

Era la hora de que comenzase la misa. Transcurrieron, sin embargo, algunos minutos sin que el celebrante apareciese. La multitud comenzaba a rebullirse demostrando su impaciencia; los caballeros cambiaban entre sí algunas palabras a media voz, el arzobispo mandó a la sacristía a uno de sus familiares a inquirir el por qué no comenzaba la ceremonia.

—Maese Pérez se ha puesto malo, muy malo, y será imposible que asista esta noche a la misa de medianoche.

Esta fue la respuesta del familiar.

La noticia cundió instantáneamente entre la muchedumbre. Pintar el efecto desagradable que causó en todo el mundo sería cosa imposible. Baste decir que comenzó a notarse tal bullicio en el templo, que el asistente se puso de pie y los alguaciles entraron a imponer silencio, confundiéndose entre las apiñadas olas de la multitud.

En aquel momento, un hombre mal trazado, seco, huesudo y bisojo por añadidura, se adelantó hasta el sitio que ocupaba el prelado.

—Maese Pérez está enfermo —dijo—. La ceremonia no puede empezar. Si queréis, yo tocaré el órgano en su ausencia, que ni maese Pérez es el primer organista del mundo, ni a su muerte dejará de usarse este instrumento por falta de inteligente.

El arzobispo hizo una señal de asentimiento con la cabeza, y ya algunos de los fieles, que conocían a aquel personaje extraño por un organista envidioso, enemigo del de Santa Inés, comenzaban a prorrumpir en exclamaciones de disgusto, cuando de improviso se oyó en el atrio un ruido espantoso.

—¡Maese Pérez está aquí!... ¡Maese Pérez está aquí!...

A estas voces de los que estaban apiñados en la puerta, todo el mundo volvió la cara.

Maese Pérez, pálido y desencajado, entraba, en efecto, en la iglesia, conducido en un sillón, que todos se disputaban el honor de llevar en sus hombros.

Los preceptos de los doctores, las lágrimas de su hija, nada había sido bastante a detenerle en el lecho.

—No —había dicho—. Esta es la última, lo conozco. Lo conozco, y no quiero morir sin visitar mi órgano, y esta noche sobre todo, la Nochebuena. Vamos, lo quiero, lo mando. Vamos a la iglesia.

Sus deseos se habían cumplido. Los concurrentes le subieron en brazos a la tribuna y comenzó la misa. En aquel punto sonaban las doce en el reloj de la catedral.

Pasó el introito, y el evangelio, y el ofertorio, y llegó el instante solemne en que el sacerdote, después de haberla consagrado, toma con la extremidad de sus dedos la Sagrada Forma y comienza a elevarla.

Una nube de incienso que se desenvolvía en ondas azuladas llenó el ámbito de la iglesia. Las campanillas repicaron con un sonido vibrante y maese Pérez puso sus crispadas manos sobre las teclas del órgano.

Las cien voces de sus tubos de metal resonaron en un acorde majestuoso y prolongado, que se perdió poco a poco, como si una ráfaga de aire hubiese arrebatado sus últimos ecos.

A este primer acorde, que parecía una voz que se elevaba desde la tierra al cielo, respondió otro lejano y suave, que fue creciendo, creciendo, hasta convertirse en un torrente de atronadora armonía. Era la voz de los ángeles que, atravesando los espacios, llegaba al mundo.

Después comenzaron a oírse como unos himnos distantes que entonaban las jerarquías de serafines. Mil himnos a la vez, que al confundirse formaban uno solo que, no obstante, solo era el acompañamiento de una extraña melodía, que parecía flotar sobre aquel océano de acordes misteriosos, como un jirón de niebla sobre las olas del mar.

Luego fueron perdiéndose unos cantos; después, otros. La combinación se simplificaba. Ya no eran más que dos voces, cuyos ecos se confundían entre sí; luego quedó una aislada, sosteniendo una nota brillante como un hilo de luz. El sacerdote inclinó la frente, y por encima de su cabeza cana, y como a través de una gasa azul que fingía el humo del incienso, apareció la hostia a los ojos de los fieles. En aquel instante, la nota que maese Pérez sostenía trinando se abrió, se abrió, y una explosión de armonía gigante estremeció la iglesia, en cuyos ángulos zumbaba el aire comprimido y cuyos vidrios de colores se estremecían en sus angostos ajimeces.

De cada una de las notas que formaban aquel magnífico acorde se desarrolló un tema, y unos cerca, otros lejos, éstos brillantes, aquéllos sordos, diríase que las aguas y los pájaros, las brisas y las frondas, los hombres y los ángeles, la tierra y los cielos, cantaban, cada cual en su idioma, un himno al nacimiento del Salvador.

La multitud escuchaba atónita y suspendida. En todos los ojos había una lágrima, en todos los espíritus, un profundo recogimiento.

El sacerdote que oficiaba sentía temblar sus manos, porque Aquel que levantaba en ellas, Aquel a quien saludaban hombres y arcángeles, era su Dios, era su Dios, y le parecía haber visto abrirse los cielos y transfigurarse la Hostia.

El órgano proseguía sonando; pero sus voces se apagaban gradualmente, como una voz que se pierde de eco en eco y se aleja y se debilita al alejarse, cuando sonó un grito en la tribuna, un grito desgarrador, agudo, un grito de mujer.

El órgano exhaló un sonido discorde y extraño, semejante a un sollozo, y quedó mudo.

La multitud se agolpó a la escalera de la tribuna, hacia la que, arrancados de su éxtasis religioso, volvieron la mirada con ansiedad todos los fieles.

—¿Qué ha sucedido? ¿Qué pasa? —se decían unos a otros, y nadie sabía responder, y todos se empeñaban en adivinarlo, y crecía la confusión, y el alboroto comenzaba a subir de punto, amenazando turbar el orden y el recogimiento propios de la iglesia.

—¿Qué ha sido eso? —preguntaron las damas al asistente que, precedido de los ministriles, fue uno de los primeros a subir a la tribuna y que, pálido y con muestras de profundo pesar, se dirigía al puesto en donde le esperaba el arzobispo, ansioso, como todos, por saber la causa de aquel desorden.

—¿Qué hay?

—Que maese Pérez acaba de morir.

En efecto, cuando los primeros fieles, después de atropellarse por la escalera, llegaron a la tribuna, vieron al pobre organista caído de boca sobre las teclas de su viejo instrumento, que aún vibraba sordamente, mientras su hija, arrodillada a sus pies, le llamaba en vano entre suspiros y sollozos.

(...)

IV

Había transcurrido un año más. La abadesa del convento de Santa Inés y la hija de maese Pérez hablaban en voz baja, medio ocultas entre las sombras del coro de la iglesia. El esquilón llamaba a voz herida a los fieles desde la torre, y alguna que otra rara persona atravesaba el atrio, silencioso y desierto esta vez, y después de tomar el agua bendita en la puerta, escogía un puesto en un rincón de las naves, donde unos cuantos vecinos del barrio esperaban tranquilamente a que comenzara la Misa del Gallo.

—Ya lo veis —decía la superiora—; vuestro temor es sobremanera pueril; nadie hay en el templo; toda Sevilla acude en tropel a la catedral esta noche. Tocad vos el órgano, y tocadle sin desconfianza de ninguna clase; estaremos en comunidad... Pero... proseguís callando, sin que cesen vuestros suspiros. ¿Qué os pasa? ¿Qué tenéis?

—Tengo... miedo —exclamó la joven con un acento profundamente conmovido.

—¡Miedo! ¿De qué?

—No sé..., de una cosa sobrenatural... Anoche, mirad, yo os había oído decir que teníais empeño en que tocase el órgano en la misa y, ufana con esta distinción, pensé arreglar sus registros y templarle, a fin de que hoy os sorprendiese... Vine al coro... sola..., abrí la puerta que conduce a la tribuna... En el reloj de la catedral sonaba en aquel momento una hora..., no sé cuál..., pero las campanadas eran tristísimas y muchas..., muchas..., estuvieron sonando todo el tiempo que yo permanecí como clavada en el dintel, y aquel tiempo me pareció un siglo.

»La iglesia estaba desierta y oscura... Allá lejos, en el fondo, brillaba, como una estrella perdida en el cielo de la noche, una luz moribunda... la luz de la lámpara que arde en el altar mayor. A sus reflejos debilísimos, que solo contribuían a hacer más visible todo el profundo horror de las sombras, vi..., lo vi, madre, no lo dudéis; vi un hombre que, en silencio, y vuelto de espaldas hacia el sitio que yo estaba, recorría con una mano las teclas del órgano, mientras tocaba con la otra a sus registros..., y el órgano sonaba, pero sonaba de una manera indescriptible. Cada una de sus notas parecía un sollozo ahogado dentro del tubo de metal, que vibraba con el aire comprimido en su hueco y reproducía el tono sordo, casi imperceptible, pero justo.

»Y el reloj de la catedral continuaba dando la hora, y el hombre aquel proseguía recorriendo las teclas. Yo oía hasta su respiración.

»El horror había helado la sangre de mis venas; sentía en mi cuerpo como un frío glacial, y en mis sienes fuego... Entonces quise gritar, quise gritar, pero no pude. El hombre aquel había vuelto la cara y me había mirado...; digo mal, no me había mirado, porque era ciego... ¡Era mi padre!

—¡Bah! Hermana, desechad esas fantasías con que el enemigo malo procura turbar las imaginaciones débiles... rezad un *paternóster* y un *avemaría* al arcángel San Miguel, jefe de las milicias celestiales, para que os asista contra los malos espíritus. Llevad al cuello un escapulario tocado en la reliquia de San Pacomio, abogado contra las tentaciones, y marchad, marchad a ocupar la tribuna del órgano; la misa va a comenzar, y ya esperan con impaciencia los fieles... Vuestro padre está en el cielo, y desde allí, antes que a daros sustos, bajará a inspirar a su hija en esta ceremonia solemne, para él objeto de tan especial devoción.

La priora fue a ocupar su sillón en el coro en medio de la comunidad. La hija de maese Pérez abrió con mano temblorosa la puerta de la tribuna para sentarse en el banquillo del órgano, y comenzó la misa.

Comenzó la misa y prosiguió sin que ocurriese nada notable hasta que llegó la consagración. En aquel momento sonó el órgano, y al mismo tiempo que el órgano, un grito de la hija de maese Pérez. La superiora, las monjas y algunos de los fieles corrieron a la tribuna.

—¡Miradle! ¡Miradle! —decía la joven, fijando sus desencajados ojos en el banquillo, de donde se había levantado, asombrada, para agarrarse con sus manos convulsas al barandal de la tribuna.

Todo el mundo fijó sus miradas en aquel punto. El órgano estaba solo, y, no obstante, el órgano seguía sonando... sonando como solo los arcángeles podrían imitarle en sus raptos de místico alborozo.

El rayo de luna

(...)

—¿Dónde está Manrique? ¿Dónde está vuestro señor? —preguntaba algunas veces su madre.

—No sabemos —respondían sus servidores—; acaso estará en el claustro del monasterio de la Peña, sentado al borde de una tumba, prestando oído a ver si sorprende alguna palabra de la conversación de los muertos; o en el puente, mirando correr unas tras otras las olas del río por debajo de sus arcos; o acurrucado en la quiebra de una roca y entretenido en contar las estrellas del cielo, en seguir una nube con la vista o contemplar los fuegos fatuos que cruzan como exhalaciones sobre el haz de las lagunas. En cualquier parte estará, menos en donde esté todo el mundo.

En efecto, Manrique amaba la soledad, y la amaba de tal modo, que algunas veces hubiera deseado no tener sombra, porque su sombra no le siguiese a todas partes.

Amaba la soledad porque en su seno, dando rienda suelta a la imaginación, forjaba un mundo fantástico, habitado por extrañas creaciones, hijas de sus delirios y sus ensueños de poeta, porque Manrique era poeta; tanto, que nunca le habían satisfecho las formas en que pudiera encerrar sus pensamientos y nunca los había encerrado al escribirlos.

Creía que entre las rojas ascuas del hogar habitaban espíritus de fuego de mil colores, que corrían como insectos de oro a lo largo de los troncos encendidos, o danzaban en una luminosa ronda de chispas en la cúspide de las llamas, y se pasaba las horas muertas sentado en un escabel, junto a la alta chimenea gótica, inmóvil y con los ojos fijos en la lumbre.

Creía que en el fondo de las ondas del río, entre los musgos de la fuente y sobre los vapores del lago vivían unas mujeres misteriosas, hadas, sílfides u ondinas, que exhalaban lamentos y suspiros o cantaban y se reían en el monótono rumor del agua, rumor que oía en silencio, intentando traducirlo.

En las nubes, en el aire, en el fondo de los bosques, en las grietas de las peñas imaginaba percibir formas o escuchar sonidos misteriosos, formas de seres sobrenaturales, palabras ininteligibles que no podía comprender.

¡Amar! Había nacido para soñar el amor, no para sentirlo. Amaba a todas las mujeres un instante: a esta porque era rubia, a aquella porque tenía los labios rojos, a la otra porque se cimbreaba, al andar, como un junco.

Algunas veces llegaba su delirio hasta el punto de quedarse una noche entera mirando a la luna, que flotaba en el cielo entre un vapor de plata, o a las estrellas, que temblaban a lo lejos como los cambiantes de las piedras preciosas. En aquellas largas noches de poético insomnio exclamaba:

—Si es verdad, como el prior de la Peña me ha dicho, que es posible que esos puntos de luz sean mundos; si es verdad que en ese globo de nácar que rueda sobre las nubes habitan gentes, ¡qué mujeres tan hermosas serán las mujeres de esas regiones luminosas! Y yo no podré verlas, y yo no podré amarlas... ¿Cómo será su hermosura?... ¿Cómo será su amor?...

Manrique no estaba aún lo bastante loco para que le siguiesen los muchachos, pero sí lo suficiente para hablar y gesticular a solas, que es por donde se empieza.

(...)

La medianoche tocaba a su punto. La luna, que se había ido remontando lentamente, estaba ya en lo más alto del

cielo, cuando al entrar en una oscura alameda que conducía desde el derruido claustro a la margen del Duero, Manrique exhaló un grito, un grito leve, ahogado, mezcla extraña de sorpresa, de temor y de júbilo.

En el fondo de la sombría alameda había visto agitarse una cosa blanca que flotó un momento y desapareció en la oscuridad: la orla del traje de una mujer, de una mujer que había cruzado el sendero y se ocultaba entre el follaje, en el mismo instante en que el loco soñador de quimeras e imposibles penetraba en los jardines.

—¡Una mujer desconocida!... ¡En este sitio! ... ¡A estas horas! Esa, esa es la mujer que yo busco —exclamo Manrique; y se lanzó en su seguimiento, rápido como una saeta.

(...)

—Yo la he de encontrar, la he de encontrar; y si la encuentro, estoy casi seguro de que he de conocerla... ¿En qué? ... Eso es lo que no podré decir..., pero he de conocerla. El eco de su pisada o una sola palabra suya que vuelva a oír, un extremo de su traje, un solo extremo que vuelva a ver, me bastarán para conseguirlo. Noche y día estoy mirando flotar delante de mis ojos aquellos pliegues de una tela diáfana y blanquísima; noche y día me están sonando aquí dentro, dentro de la cabeza, el crujido de su traje, el confuso rumor de sus ininteligibles palabras. ¿Qué dijo?... ¿Qué dijo?... ¡Ah!, si yo pudiera saber lo que dijo, acaso...; pero aun sin saberlo la encontraré...; la encontraré; me lo da el corazón, y mi corazón no me engaña nunca. Verdad es que ya he recorrido inútilmente todas las calles de Soria; que he pasado noches y noches al sereno, hecho poste de una esquina; que he gastado más de veinte doblas de oro en hacer charlar a dueñas y escuderos; que he dado agua bendita en San Nicolás a una vieja, arrebujada con tal arte en su manto de anascote, que se me figuró una deidad; y al salir de la Colegiata, una noche de maitines, he seguido como un tonto la litera del arcediano, creyendo que el extremo de sus hopalandas era el del traje de mi desconocida; pero no importa...; yo la he de encontrar, y la gloria de poseerla excederá seguramente al trabajo de buscarla.

»¿Cómo serán sus ojos?... Deben ser azules, azules y húmedos como el cielo de la noche; me gustan tanto los ojos de ese color; son tan expresivos, tan melancólicos, tan... Sí..., no hay duda: azules deben ser, azules son seguramente, y sus cabellos, negros, muy negros y largos para que floten... Me parece que los vi flotar aquella noche, al par que su traje, y eran negros...; no me engaño, no; eran negros.

»¡Y qué bien hacen unos ojos azules muy rasgados y adormidos, y una cabellera suelta, flotante y oscura, a una mujer alta...; porque... ella es alta, alta y esbelta como esos ángeles de las portadas de nuestras basílicas, cuyos ovalados rostros envuelven en un misterio crepúsculo las sombras de sus doseles de granito!

»¡Su voz!... Su voz la he oído...; su voz es suave como el rumor del viento en las hojas de los álamos, y su andar acompasado y majestuoso como las cadencias de una música.

»Y esa mujer, que es hermosa como el más hermoso de mis sueños de adolescente, que piensa como yo pienso, que gusta de lo que yo gusto, que odia lo que yo odio, que es un espíritu hermano de mi espíritu, que es el complemento de mi ser, ¿no se ha de sentir conmovida al encontrarme? ¿No me ha de amar como yo la amaré, como la amo ya, con todas las fuerzas de mi vida, con todas las facultades de mi alma?

»Vamos, vamos al sitio donde la vi la primera y única vez que la he visto.. Quien sabe si, caprichosa como yo, amiga de la soledad y el misterio, como todas las almas soñadoras, se complace en vagar por entre las ruinas en el silencio de la noche.

(...)

La noche estaba serena y hermosa; la luna brillaba en toda su plenitud en lo más alto del cielo, y el viento suspiraba con un rumor dulcísimo entre las hojas de los árboles.

Manrique llegó al claustro, tendió la vista por su recinto y miró a través de las macizas columnas de sus arcadas... Estaba desierto.

Salió de él, encaminó sus pasos hacia la oscura alameda que conduce al Duero, y aún no había penetrado en ella, cuando de sus labios se escapó un grito de júbilo.

Había visto flotar un instante y desaparecer el extremo del traje blanco, del traje blanco de la mujer de sus sueños, de la mujer que ya amaba como un loco.

Corre, corre en su busca; llega al sitio en que la ha visto desaparecer; pero al llegar se detiene, fija los espantados ojos en el suelo, permanece un rato inmóvil; un ligero temblor nervioso agita sus miembros, un temblor que va creciendo, que va creciendo, y ofrece los síntomas de una verdadera convulsión, y prorrumpe, al fin, en una carcajada, en una carcajada sonora, estridente, horrible.

Aquella cosa blanca, ligera, flotante, había vuelto a brillar ante sus ojos; pero había brillado a sus pies un instante, no más que un instante.

Era un rayo de luna, un rayo de luna que penetraba a intervalos por entre la verde bóveda de los árboles cuando el viento movía sus ramas.

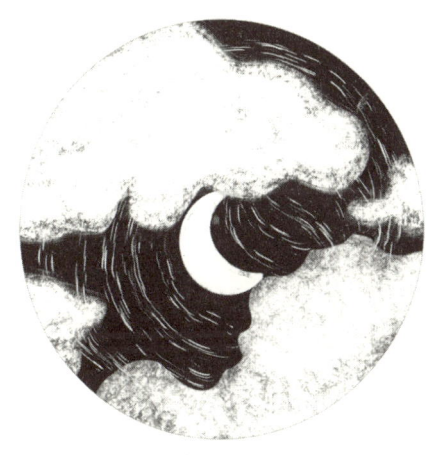

El beso

(LEYENDA TOLEDANA)

II

—Dormía esta noche pasada como duerme un hombre que trae en el cuerpo trece leguas de camino, cuando he aquí que en lo mejor del sueño me hizo despertar sobresaltado e incorporarme sobre el codo un estruendo horrible, un estruendo tal, que me ensordeció un instante para dejarme después los oídos zumbando cerca de un minuto, como si un moscardón me cantase a la oreja. Como os habréis figurado, la causa de mi susto era el primer golpe que oía de esa endiablada campana gorda, especie de sochantre de bronce, que los canónigos de Toledo han colgado en su catedral con el laudable propósito de matar a disgustos a los necesitados de reposo. Renegando entre dientes de la campana y del campanero que la toca, disponíame, una vez apagado aquel insólito y temeroso rumor, a coger nuevamente el hilo del interrumpido sueño, cuando vino a herir mi imaginación y a ofrecerme ante mis ojos una cosa extraordinaria. A la dudosa luz de la luna que entraba en el templo por el estrecho ajimez del muro de la capilla mayor vi a una mujer arrodillada junto al altar.

Los oficiales se miraron entre sí con expresión entre asombrada e incrédula. El capitán, sin atender el efecto que su narración producía, continuó de este modo:

—No podéis figuraros nada semejante a aquella nocturna y fantástica visión que se dibujaba confusamente en la penumbra de la capilla, como esas vírgenes pintadas en los vidrios de colores que habréis visto alguna vez destacarse a lo lejos, blancas y luminosas, sobre el oscuro fondo de las catedrales. Su rostro ovalado, en donde se veía impreso el sello de una leve y espiritual demacración; sus armoniosas facciones, llenas de una suave y melancólica dulzura; su intensa palidez, las purísimas líneas de su contorno esbelto, su ademán reposado y noble, su traje blanco y flotante, me traían a la memoria esas mujeres que yo soñaba cuando casi era un niño. ¡Castas y celestes imágenes, quimérico objeto del vago amor de la adolescencia! Yo me creía juguete de una alucinación y, sin quitarle un punto los ojos, ni aun osaba respirar, temiendo que un soplo desvaneciese el encanto. Ella permanecía inmóvil. Antojábaseme, al verla tan diáfana y luminosa, que no era una criatura terrenal, sino un espíritu que, revistiendo por un instante la forma humana, había descendido en el rayo de la luna, dejando en el aire y en pos de sí la azulada estela que desde el alto ajimez bajaba verticalmente hasta el pie del opuesto muro, rompiendo la oscura sombra de aquel recinto lóbrego y misterioso.

—Pero... —exclamó interrumpiéndole su camarada de colegio que, comenzando por echar a broma la historia, había concluido interesándose con su relato—. ¿Cómo estaba allí aquella mujer? ¿No le dijiste nada? ¿No te explicó su presencia en aquel sitio?

—No me determiné a hablarla porque estaba seguro que no había de contestarme, ni verme, ni oírme.

—¿Era sorda?

—¿Era ciega?

—¿Era muda? —exclamaron a un tiempo tres o cuatro de los que escuchaban la relación.

—Lo era todo a la vez —exclamó al fin el capitán, después de un momento de pausa—, porque era... de mármol.

Al oír el estupendo desenlace de tan extraña aventura, cuantos había en el corro prorrumpieron en una ruidosa carcajada, mientras uno de ellos dijo al narrador de la peregrina historia, que era el único que permanecía callado y en una grave actitud:

—¡Acabáramos de una vez! Lo que es de ese género tengo yo más de un millar, un verdadero serrallo, en San Juan de los Reyes. Serrallo que desde ahora pongo a vuestra disposición, ya que, a lo que parece, tanto os da una mujer de carne como de piedra.

—¡Oh no! —continuó el capitán sin alterarse en lo más mínimo por las carcajadas de sus compañeros—. Estoy seguro que no pueden ser como la mía. La mía es una verdadera dama castellana que, por un milagro de la escultura, parece que no la han enterrado en su sepulcro, sino que aún

permanece en cuerpo y alma de hinojos sobre la losa que le cubre, inmóvil, con las manos juntas en ademán suplicante, sumergida en un éxtasis de místico amor.

—De tal modo te explicas, que acabarás por probarnos la verosimilitud de la fábula de la Galatea.

—Por mi parte, puedo deciros que siempre la creí una locura; mas desde anoche comienzo a comprender la pasión del escultor griego.

—Dadas las especiales condiciones de tu nueva dama, creo que no tendrás inconveniente en presentarnos a ella. De mí sé decir que ya no vivo hasta ver esa maravilla. Pero... ¿qué diantres te pasa?... Diríase que esquivas la presentación. ¡Ja, ja, ja! Bonito fuera que ya te tuviéramos hasta celoso.

—Celoso —se apresuró a decir el capitán—, celoso... De los hombres, no... Mas ved, sin embargo, hasta donde llega mi extravagancia. Junto a la imagen de esa mujer, también de mármol, grave y al parecer con vida como ella, hay un guerrero... Su marido, sin duda... Pues bien: lo voy a decir todo, aunque os moféis de mi necedad... Si no hubiera temido que me tratasen de loco, creo que ya la habría hecho cien veces pedazos.

Una nueva y aún más ruidosa carcajada de los oficiales saludó esta original revelación del estrambótico enamorado de la dama de piedra.

—Nada, nada; es preciso que la veamos —decían los unos.

—Sí, sí; es preciso saber si el objeto corresponde a tan alta pasión —añadían los otros.

—¿Cuándo nos reunimos a echar un trago en la iglesia en que os alojáis? —exclamaron los demás.

—Cuando mejor os parezca. Esta misma noche, si queréis —respondió el joven capitán, recobrando su habitual sonrisa, disipada un instante por aquel relámpago de celos—. A propósito: con los bagajes he traído hasta un par de docenas de botellas de *champagne*; verdadero *champagne*, restos de un regalo hecho a nuestro general de brigada, que, como sabéis, es algo pariente.

—¡Bravo! ¡Bravo! —exclamaron los oficiales a una voz, prorrumpiendo en alegres exclamaciones.

—¡Se beberá vino del país!

—¡Y cantaremos una canción de Ronsard!

—Y hablaremos de mujeres, a propósito de la dama del anfitrión.

—Conque... ¡hasta la noche!

—¡Hasta la noche!

III

(...)

—Tengo el placer de presentaros a la dama de mis pensamientos. Creo que convendréis conmigo en que no he exagerado su belleza.

Los oficiales volvieron los ojos al punto que les señalaba su amigo, y una exclamación de asombro se escapó involuntariamente de todos los labios.

En el fondo de un arco sepulcral revestido de mármoles negros, arrodillada delante de un reclinatorio, con las manos juntas y la cara vuelta hacia el altar, vieron, en efecto, la imagen de una mujer tan bella, que jamás salió otra igual de manos de un escultor, ni el deseo pudo pintarla en la fantasía más soberanamente hermosa.

—Es verdad que es un ángel —exclamó uno de ellos.

—¡Lástima que sea de mármol! —añadió otro.

—No hay duda que, aunque no sea más que la ilusión de hallarse junto a una mujer de este calibre, es lo suficiente para no pegar los ojos en toda la noche.

—¿Y no sabéis quién es ella? —preguntaron algunos de los que contemplaban la estatua al capitán, que sonreía satisfecho de su triunfo.

—Recordando un poco del latín que en mi niñez supe, he conseguido a duras penas descifrar la inscripción de la tumba —contestó el interpelado—, y, a lo que he podido colegir, pertenece a un título de Castilla, famoso guerrero que hizo la campaña de Italia con el Gran Capitán. Su nombre lo he olvidado; mas su esposa, que es la que veis, se llama doña Elvira de Castañeda, y, por mi fe, que si la copia se parece al original, debió ser la mujer más notable de su siglo.

Después de estas breves explicaciones, los convidados, que no perdían de vista el principal objeto de la reunión, procedieron a destapar algunas de las botellas, y, sentándose alrededor de la lumbre, empezó a andar el vino la ronda.

(...)

El capitán bebía en silencio como un desesperado y sin apartar los ojos de la estatua de doña Elvira.

Iluminada por el rojizo resplandor de la hoguera, y a través del confuso velo que la embriaguez había puesto delante de su vista, parecíale que la marmórea imagen se transformaba a veces en una mujer real: parecíale que entreabría los labios como murmurando una oración, que se alzaba su pecho como oprimido y sollozante, que cruzaba las manos con más fuerza, que sus mejillas se coloreaban, en fin, como si se ruborizarse ante aquel sacrílego y repugnante espectáculo.

Los oficiales, que advirtieron la taciturna tristeza de su camarada, le sacaron del éxtasis en que se encontraba sumergido y, presentándole una copa, exclamaron en coro:

—¡Vamos, brindad vos, que sois el único que no lo ha hecho en toda la noche!

El joven tomó la copa y, poniéndose de pie y alzándola en alto, dijo encarándose con la estatua del guerrero arrodillado junto a doña Elvira:

—¡Brindo por el emperador y brindo por la fortuna de sus armas, merced a las cuales hemos podido venir hasta el fondo de Castilla a cortejarle su mujer, en su misma tumba, a un vencedor de Ceriñola!

Los militares acogieron el brindis con una salva de aplausos, y el capitán, balanceándose, dio algunos pasos hasta el sepulcro.

—No... —prosiguió dirigiéndose siempre a la estatua del guerrero y con esa sonrisa estúpida propia de la embriaguez—, no creas que te tengo rencor alguno porque veo en ti un rival. Al contrario, te admiro como a un marido paciente, ejemplo de longanimidad y mansedumbre, y a mi vez quiero también ser generoso. Tú serías bebedor, a fuer de soldado... No se ha de decir que te he dejado morir de sed viéndonos vaciar veinte botellas... ¡Toma!

Y esto diciendo, llevose la copa a los labios y, después de humedecérselos en el licor que contenía, le arrojó el resto a la cara, prorrumpiendo en una carcajada estrepitosa al ver cómo caía el vino sobre la tumba, goteando de las barbas de piedra del inmóvil guerrero.

—¡Capitán! —exclamó en aquel punto uno de sus camaradas en tono de zumba—. Cuidado con lo que hacéis... Mirad que esas bromas con la gente de piedra suelen costar caras. Acordaos de lo que aconteció a los húsares del quinto en el monasterio de Poblet... Los guerreros del claustro, dicen que pusieron mano una noche a sus espadas de granito y dieron que hacer a los que se entretenían en pintarles bigotes con carbón.

Los jóvenes acogieron con grandes carcajadas esta ocurrencia; pero el capitán, sin hacer caso de sus risas, continuó, siempre fijo en la misma idea:

—¿Creéis que yo le hubiera dado el vino, a no saber que se tragaba al menos el que le cayese a la boca? ... ¡Oh, no!... Yo no creo, como vosotros, que esas estatuas son un pedazo de mármol tan inerte hoy como el día en que lo arrancaron de la cantera. Indudablemente, el artista, que es casi un dios, le da a su obra un soplo de vida que no logra hacer que ande y se mueva, pero que le infunde una vida incomprensible y extraña, vida que yo no me explico bien, pero que la siento, sobre todo cuando bebo un poco.

—¡Magnífico! —exclamaron sus camaradas—. Bebe y prosigue.

El oficial bebió y, fijando sus ojos en la imagen de doña Elvira, prosiguió con una exaltación creciente:

—¡Miradla! ¡Miradla!... ¿No veis esos cambiantes rojos de sus carnes mórbidas y transparentes?... ¿No parece que por debajo de esa ligera epidermis azulada y suave de alabastro circula un fluido de luz color de rosa?... ¿Queréis más vida?... ¿Queréis más realidad?

—¡Oh, sí, seguramente! —dijo uno de los que le escuchaban—. Quisiéramos que fuese de carne y hueso.

—¡Carne y hueso!... ¡Miseria, podredumbre!... —exclamó el capitán—. Yo he sentido una orgía arder mis labios y mi cabeza. Yo he sentido este fuego que corre por las venas hirviente como la lava de un volcán, cuyos vapores caliginosos turban y trastornan el cerebro y hacen ver visiones extrañas. Entonces, el beso de esas mujeres materiales me quemaba como un hierro candente, y las apartaba de mí con disgusto, con horror, hasta con asco, porque entonces, como ahora, necesitaba un soplo de brisa del mar para mi frente calurosa, beber hielo y besar nieve... Nieve teñida de suave luz, nieve colorada por un dorado rayo de sol... Una mujer blanca, hermosa y fría, como esa mujer de piedra que parece incitarme con su fantástica hermosura, que parece que oscila al compás de la llama y me provoca entreabriendo sus labios y ofreciéndome un tesoro de amor... ¡Oh, sí! Un beso..., solo un beso tuyo podrá calmar el ardor que me consume.

—¡Capitán! —exclamaron algunos de sus oficiales al verle dirigirse hacia la estatua como fuera de sí, extraviada la vista y con pasos inseguros—. ¿Qué locura vais a hacer? ¡Basta de broma y dejad en paz a los muertos!

El joven ni oyó siquiera las palabras de sus amigos, y, tambaleando y como pudo, llegó a la tumba y aproximose a la estatua; pero al tenderle los brazos resonó un grito de horror en el templo. Arrojando sangre por ojos, boca y nariz, había caído desplomado y con la cara deshecha al pie del sepulcro.

Los oficiales, mudos y espantados, ni se atrevían a dar un paso para prestarle socorro.

En el momento en que su camarada intentó acercar sus labios ardientes a los de doña Elvira, habían visto al inmóvil guerrero levantar la mano y derribarle con una espantosa bofetada de su guantelete de piedra.

La promesa

I

La niña tiene un amante
que escudero se decía.
El escudero le anuncia
que a la guerra se partía.
    «Te vas y acaso no tornes.»
«Tornaré por vida mía.»
Mientras el amante jura,
diz que el viento repetía:
¡Mal haya quien en promesas
    de hombre fía!

II

El conde, con la mesnada,
de su castillo salía.
Ella, que le ha conocido,
con grande aflicción gemía:
    «¡Ay de mí, que se va el conde
y se lleva la honra mía!».

Mientras la cuitada llora,
diz que el viento repetía:
¡Mal haya quien en promesas
de hombre fía!

III

Su hermano que estaba allí,
estas palabras oía.
«Nos has deshonrado», dice.
«Me juró que tornaría.»
«No te encontrará si torna,
donde encontrarte solía.»
Mientras la infelice muere,
diz que el viento repetía:
¡Mal haya quien en promesas
de hombre fía!

IV

Muerta la llevan al soto;
le han enterrado en la umbría;
por más tierra que le echaban,
la mano no le cubría:

la mano donde un anillo
que le dio el conde tenía.
De noche, sobre la tumba,
diz que el viento repetía:
¡Mal haya quien en promesas
de hombre fía!
(...)

V

En un lugarejo miserable y que se encuentra a un lado del camino que conduce Gómara he visto no hace mucho el sitio donde se asegura tuvo lugar extraña ceremonia del casamiento del conde.

Después que este, arrodillado sobre la humilde fosa, estrechó en la suya la mano de Margarita y un sacerdote autorizado por el Papa bendijo la lúgubre unión, es fama que cesó el prodigio y la mano muerta se hundió para siempre.

Al pie de unos árboles añosos y corpulentos hay un pedacito de prado que al llegar la primavera se cubre espontáneamente de flores. La gente del país dice que allí está enterrada Margarita.

Las rimas de _____

Bécquer

En este espacio puedes dejar volar tu imaginación como un gorrión y escribir tus propias rimas.

Rimas y Leyendas

Bécquer

....
....
....
....
....
....
....
....
....
....
....
....
....
....
....
....
....

Rimas y Leyendas

Bécquer

Este libro

se terminó de imprimir

en noviembre de 2020

en Madrid.